CATALOGUE

D'ESTAMPES

ANCIENNES

De toutes les écoles

DONT LA VENTE AUX ENCHÈRES PUBLIQUES AURA LIEU

HOTEL DROUOT, SALLE N° 7

Au premier étage,

Le Samedi 30 Mai 1874

A UNE HEURE 1/2 PRÉCISE

M⁰ **COUTURIER**, Commissaire-priseur, rue Drouot, 21.

M. **CLEMENT**, Expert, Marchand d'Estampes de la Bibliothèque Nationale
rue des Saints-Pères, 3.

PARIS — 1874

CATALOGUE

D'ESTAMPES

ANCIENNES

De toutes les écoles

DONT LA VENTE AUX ENCHÈRES PUBLIQUES AURA LIEU

HOTEL DROUOT, SALLE N° 7

Au premier étage,

Le Samedi 30 Mai 1874

A UNE HEURE 1/2 PRÉCISE

M⁰ **COUTURIER**, Commissaire-priseur, rue Drouot, 21.

M. CLEMENT, Expert, Marchand d'Estampes de la Bibliothèque Nationale
rue des Saints-Pères, 3.

PARIS — 1874

CONDITIONS DE LA VENTE

Elle sera faite au comptant.

Les Acquéreurs paieront cinq pour cent en sus des enchères.

ESTAMPES

1 **Aldegraver** (H.). Eve créée pendant le sommeil d'Adam (1). — Loth et ses filles (B. 13 et 17). — Les Vieillards accusant Suzanne d'adultère (31). — Le Mauvais riche meurt (46). — Sujets divers, par Norblin et autres. Dix pièces.

2 — Ève debout (B. 12). Les Vieillards lapidés. Deux pièces.

3 **Andrieux.** Affaire de Chatillon, 5 septembre 1870.

4 **Anonyme.** Marie-Antoinette, portrait gravé en couleur. Très-belle épreuve.

5 **Ardell** (J.-M.). La Famille de Rubens, d'après lui-même. Très-belle épreuve.

6 — Portrait des fils du duc de Buckingham, d'après Van-Dyck.

7 **Balechou** (J. J.). Auguste III, roi de Pologne, d'après Rigaud.

8 **Ballin.** Marines. Deux pièces. Epreuves d'essai, avec indications de l'auteur.

9 **Baron** (B.). Charles Ier et le duc d'Epernon, d'après Van-Dyck.

10 **Bartolozzi**. La Danse des Muses, d'après Maria
Cosway.

11 — Monsieur Thornhill persuade à Olive de s'échap-
per avec lui. — Le docteur Primrose trouve sa fille
en détresse. Deux pièces gravées en couleur, d'après
Bamberg. Très-belles épreuves.

12 — Les Mois de l'année. Suite de douze estampes,
dont nous n'avons que six, gravées en couleur, d'a-
près Hamilton. Très-belles épreuves avec marge.

13 **Baudoin** (d'après). Le Modèle honnête, gravé par
Moreau et Simonet.

14 **Beauvarlet**. L'Enlèvement des Sabines, d'après
Jordaens. Bonne épreuve.

15 **Beham** (H. S.). — Adam et Eve (B. 6), — L'Homme
de douleurs (26). — Deux pièces de l'histoire de
l'Enfant prodigue (B. 31-33). — Saint Mathieu et
Saint Jean (40). — Le Berger (216), etc. Dix pièces,
dont quelques-unes très-belles.

16 **Bemel Van Bloemen della Bella**. Paysages.
— Portement de croix, par Dufresne, etc. Sept
pièces.

17 **Benoist**. La Rose d'amour. — Le Bouquet d'amitié.
— Le Maître d'école, par Lépicié, d'après Coypel, etc.
Six pièces.

18 **Bolswert** (S). Sainte Famille, ou l'Enfant Jésus et
saint Jean caressent un agneau, d'après Rubens.
Belle épreuve.

19 — La sainte Vierge que l'Enfant Jésus embrasse,
d'après Rubens. Belle épreuve.

20 — Sainte Famille, où l'Enfant Jésus tient un oiseau,
d'après Rubens. Très-belle épreuve.

21 — La Marche de Silène, d'après Van-Dyck.

22 — Deux jeunes gens exprimant leur passion à leurs maîtresses, d'après Vander Laemen. Belle épreuve.

23 — La Vierge aux anges, d'après Van-Dyck. Belle épreuve.

24 Bonnart. Portraits et costumes des principaux personnages de l'Europe. Cent une pièces. Ce lot sera divisé.

25 Boucher et **Lancret** (d'après). La Bergère prévoyante. — La Terre, sujets d'après Prud'hon, par Copia. Quatre pièces.

26 Bourdon (Sébastien). Sujets religieux. — Saintes Familles. Douze pièces gravées à l'eau-forte.

27 — Sujets de l'Ancien et du Nouveau Testament. — Saintes Familles, etc. Treize pièces.

28 Bracquemont. Le Miroir, d'après Chaplin. — La Table, d'après Leys. — Paysage, d'après Corot. Trois pièces, dont une avant la lettre.

29 Brissart (d'après). Suite de trente-deux vignettes pour illustration des Œuvres de Molière.

30 Brunet-Debaisne. Paysage de forme ronde. Epreuve avant la lettre.

31 Bry et **Delaune.** L'Age d'or, d'après Blœmaert.— Ornements et autres. Sept pièces.

32 Burgmair (H.). Pièces tirées du Weiss Kunig. Cinquante-six pièces.

33 Callot (J.). Tentation de saint Antoine. Belle épreuve.

34 — La grande Chasse. Bonne épreuve.

35 Caricatures. Dix-sept pièces.

36 **Cary** (J.). L'Éclaircissement de Peregrine avec sa maîtresse. Très-jolie pièce imprimée en couleur. Très-belle épreuve.

37 **Cathelin**. Marie-Thérèse et l'empereur François-Joseph. Deux portraits d'après Ducreux. Très-belles épreuves.

38 — Marie-Thérèse. — Victor-Amédée de Savoie, roi de Sardaigne. Deux pièces.

39 **Chauvel, Coindre**. Paysages, quatre pièces, plus un paysage d'après Corot. Cinq pièces.

40 **Claessens et autres**. La Bourgeoisie armée. — Le Payement du Laboureur, etc. Quatre pièces, par et d'après Rembrandt.

41 **Cossmann, de Courcy** et **Sara Cucinetta**. Le Retour au foyer. — Le Repos. — Environs d'une ville. Trois pièces.

42 **Dananche**. Paysages, environs de Clairvaux, Jura. Deux pièces.

43 **Daubigny**. Paysages. Trois pièces. Épreuves avant la lettre.

44 **De Launay-Demarteau**. L'Enfant chéri, d'après le Prince. — La Jeune Mère, d'après Boucher. — Offrande à Vénus. — L'Agréable moment. Quatre pièces.

45 **Delauney, de Nittis** et **Desbrosses**. Démolitions du quai de la Mégisserie. — La Danseuse Horoka. — Promenades et squares de Paris. Neuf pièces.

46 **Dien**. Portrait du comte de Nieuwerkerke, d'après Ingres.

47 **Divers**. Portraits des princes de la famille de Nassau. Dix-sept pièces.

48 — Vignettes, d'après Boucher, Moreau et autres. Douze pièces.

49 — Portraits suédois et danois. Quarante-six pièces.

50 — Portraits des princes de la famille de Nassau et Orange. Cent cinq pièces.

51 — Portraits allemands. 103 pièces.

52 — Portraits anglais. 71 pièces.

53 — Eaux-fortes d'après Schenau, Aubry et autres. Quatre pièces.

54 — Le Café hollandais. — La Femme rusée. — Les Plaisirs des buveurs. — Le Chimiste. — La Riboteuse hollandaise. — Le Coup réfléchi, etc. Huit pièces d'après Terburg, Metzu, Stein, Ostade et autres.

55 — Paysages et marines, d'après Vanderner, Ruysdael, Guaspre, Poussin, etc. Neuf pièces.

56 — Diane au bain. — Les trois Grâces. — Vénus. — Nymphe au bain, etc. Huit pièces d'après Vanloo, Lemoyne et autres.

57 — Portraits de Mittantier, par Drevet. — Louis XVI, par Romanet. — Marie-Thérèse, par Petit. Trois pièces.

58 — Portraits de Bailly, Maupeou, Joseph Ier, roi de de Portugal, etc. Onze pièces.

59 — Portraits de Necker. Cinq pièces. Très-belles avec marge.

60 — Sujets galants de l'École française du xviiie siècle. Sept pièces.

61 — Sainte Geneviève. — Portraits de Bernard Potier, de Marie-Antoinette, etc. Cinq pièces.

62 — Bas-reliefs de la colonne Vendôme et statues antiques. Seize pièces.

63 — Portraits, vignettes. Pièces en couleur du xviiie siècle. Environ 60 pièces.

64 **Dupin.** Louis XVI et Marie-Antoinette. — La Comtesse d'Artois. Trois pièces. Très-belles épreuves avec marge.

65 **Durer** et **Leyde**. La Descente aux limbes. — Saint Sébastien. — La Femme et le chien. Deux épreuves. Cinq pièces.

66 **Dyck** (d'après). Portraits de Van Opstal. — Snyders. — François-Thomas de Savoie. — Marguerite de Lorraine. — Marie, princesse d'Arenberg. — Philippe de Gusman. — Alexandre de La Faille. — Les Comtes et comtesses, etc. Douze pièces gravées par Pontius, Lombard et autres.

67 — Marie de Médicis, reine de France. — François-Thomas de Savoie. Deux portraits gravés par Pontius.

68 — Cusance (Béatrix de), princesse de Cante-Croye, gravé par P. de Jode. Deux épreuves, dont une très-belle, du premier état.

69 — Portraits gravés par Bolswert Pontius, Vorsterman, C. Galbe, Lommelin, P. de Jode, Lombart et autres. 82 portraits dont beaucoup en belles épreuves.

70 **Earlom** (R.). Les Figues, grande composition de nature morte, d'après Rubens. Belle épreuve.

71 — Portrait équestre du duc d'Arenberg, d'après Van Dyck. Très-belle épreuve.

72 **Edelinck** (G.). Portraits de Louvois, Ulric Éléonore de Suède, le grand duc de Toscane. Trois pièces.

73 **Fantin, Feyen, Perrin.** Un Morceau de Schumann. — Les Filles du pêcheur. Trois pièces dont une double.

74 **Flamen** (Albert). Poissons et oiseaux. — Paysage, par Dujardin. Neuf pièces.

75 **Gaucherel** (Léon). Jeanne d'Albert de Luynes, comtesse de Verrue, d'après la miniature du cabinet de M. le baron J. Pichon. Très-belle épreuve.

76 **Gavarni.** Sous ce numéro il sera vendu environ mille feuilles, bois et lithographies.

77 **Gellée** (Claude), dit le Lorrain. Le Bouvier (R. D. 8). Belle épreuve.

78 — La même estampe. Bonne épreuve.

79 **Goltzius** (H.). La Circoncision. L'Adoration des mages. — Th. Cornhert. — L'Adoration des mages, par de Bruyn, etc. Cinq pièces.

80 **Gravelot.** Vignettes pour Tom Jones. Quarante pièces.

81 **Greuze** (d'après J. B.). L'Aveugle trompé. — Retour sur soi-même. — Paysage par Kobell. Trois pièces.

82 — L'Aveugle trompé. — A la plus belle, par Ruotte, d'après Lebarbier. — Vue de Moscou, par Debucourt. Trois pièces.

83 **Guyot.** Histoire de Paul et Virginie. Six pièces imprimées en couleur.

84 **Hervier**. Paysages. Neuf pièces.

85 **Hess** (Ch.). Le Charlatan, d'après G. Dow. Belle épreuve.

86 — Rubens et sa première femme, d'après lui-même. Très-belle épreuve.

87 **Hogg** (J.). Adélaïde, d'après Wheatly. Jolie pièce en couleur. Très-belle épreuve.

88 **Houbraken** (J.). Portraits anglais. Neuf pièces.

89 **Hunt et autres**. Courses et chasses. Huit pièces coloriées.

90 **Jacquemart** (J.). La Ville et la campagne. Deux pièces imprimées sur la même feuille.

91 **Jacques** (Ch.). Paysages, sujets d'après Chardin et Ostade. Six pièces.

92 **Jacques** (Léon). Paysages. Quatre pièces.

93 **Jode** (P. de). Les trois Grâces, d'après Rubens. Très-belle épreuve.

94 — Portraits suédois, allemands et hollandais, d'après Van Hulle. Quarante-sept pièces.

95 **Jordaens** (d'après). Le Roi boit. — Jupiter et la chèvre Amalthée. Deux pièces gravées par Poletnich et Bolswert.

96 **Lameyer, Leleux, Legras**, etc. Paysages et sujets divers. Six pièces.

97 **Lancret** (d'après). Les Troqueurs. — La Servante justifiée. Deux pièces gravées par de Larmessin. Très-belles épreuves.

98 **Lasne** (M.). La Sainte Vierge et l'Enfant Jésus, qui est appuyé sur un berceau, d'après Rubens. Belle épreuve.

99 **Lavereince** (d'après). Le Coucher des ouvrières en modes.—Le Lever des ouvrières en modes. Deux pièces gravées par Dequevauviller. Belles épreuves.

100 **Le Bas** (J. Ph.). Quatrième fête flamande. — Blanchisserie. — Vue d'Anvers. Trois pièces d'après Teniers. Très-belles épreuves.

101 — Embarquement de vivres. — Rendez-vous de chasse et autres. Trois pièces, d'après Berghem et Van Falens, une avant la lettre.

102 — Ancien port de Messine. — La Récompense villageoise. Deux pièces d'après Cl. Lorain. Très-belles épreuves.

103 **Le Bas, Lépicié,** etc. La Boudinière. — Les Francs-Maçons flamands en loge, etc. Quatre pièces.

104 **Le Bas, Avril** et **Delaunay.** Le Passage du Rhin, d'après Berghem. — La Partie de plaisir, d'après Wenix. — L'Enfant prodigue et les Œuvres de miséricorde, d'après Teniers. Quatre pièces. Très-belles épreuves.

105 **Le Beau et autres.** Marie-Antoinette. — Madame Elisabeth. — Comte et comtesse de Provence. — Comtesse d'Artois, etc. Dix pièces.

106 **Le Beau.** Louis-Philippe d'Orléans. — Prince de Condé. — Duc de Biron. — Comte de Provence. Quatre pièces.

107 **Le Beau, Hubert et autres.** Portraits de Louis XIV, Louis XV et Marie-Antoinette. Cinq pièces.

108 **Legros** (A). La Pêche aux écrevisses. Grande eau-forte en hauteur. Deux épreuves.

109 **Lempereur**. L'Attente du plaisir, d'après An. Carrache. Belle épreuve.

110 — Le Jardin d'amour, d'après Rubens. Belle épreuve.

111 **Lucas**. Le Traitant, d'après Dumesnil. — Le Peintre amoureux de son modèle, par Michel, d'après Chevallier, etc. Quatre pièces.

112 **Manet** (Ed.). La Porte-épée. — Grande composition, d'après un tableau de Velasquez. Deux pièces.

113 **Mary, Moïse, Picquet**. Paysages. — Les Cuisiniers, etc. Cinq pièces.

114 **Mauperché et autres**. Paysages. — Animaux et sujets divers. Neuf pièces.

115 **Meryon** (Ch.) Petite Marine, d'après Zeeman.

116 — La Tour de l'Horloge.

117 — Tourelle, rue de l'Ecole de Médecine. Epreuve signée C. Meryon.

118 **Michelin**. Chien d'arrêt anglais. — La Mare. — Entrée de forêt. — Trois pièces dont une signée de l'auteur.

119 **Moreau le jeune** (d'après J. M.). Vignette pour illustrer les Œuvres de Molière. Suite de trente-une pièces. Epreuves avant la lettre.

120 **Mouilleron**. Le Printemps, d'après Ch. Jacque.

121 **Muller** (J.). Albert, archiduc d'Autriche. — Isabelle-Claire-Eugénie, infante d'Espagne. Deux portraits faisant pendant, d'après Rubens. Belles épreuves.

122 Orley (R. Van). Bacchus ivre, soutenu par des Satyres. — Suzanne surprise par les vieillards. Deux pièces, d'après Rubens; la seconde est gravée par Vorsterman.

123 Ostade, Potter, Rembrandt. Le Vacher. — La Fileuse. — Uttenbogardus, etc. Quatre pièces.

124 Pencz (G.). Histoire de Tobie (B. 15 et 19). — Abraham renvoyant Agar (3), etc. Dix pièces.

125 Picart (B.) Eugène-François, prince de Savoie et de Piémont, d'après J. Van Schuppen. Grand portrait in-fol.

126 Pigeot et **Lacour.** Le Ménage hollandais, d'après G. Dow.

127 Place (M.). Affliction d'une famille qui a perdu un de ses enfans. — Joie de la famille en retrouvant l'enfant qui s'était perdu. Deux pièces gravées en couleur, d'après Cosse. Très-belles épreuves.

128 Planer (G.). Charles Henry, comte de Hoym, d'après Rigaud. Les ornements qui entourent le portrait sont de M. A. Varin. Très-belle épreuve.

129 Pontius (Paul). Jésus-Christ mort sur les genoux de la Vierge, et un saint François à côté, d'après Rubens. Très-belle épreuve.

130 Porporati. Garde à vous, d'après A. Kauffmann. Très-belle épreuve.

131 Poussin (d'après N.). Les Sacrements et autres sujets de l'Ancien et du Nouveau Testament. Trente-cinq pièces.

132 Prud'hon (d'après P. P.). Choisir l'objet, gravé par Besson. — Joseph, par Boilly. Deux pièces.

133 **Rembrandt** (P. Van Rhin). Abraham avec son fils Isaac. — Saint Jérôme. — Le Triomphe de Mardochée. Quatre pièces dont une double.

134 Femme nue dormant (B. 204). Belle épreuve.

135 **Riollet** (Mlle C.). Le Mauvais riche, d'après Teniers. Belle épreuve.

136 **Rozier Roybet, Saint-Marcel et autres.** Paysages et Marines. Sept pièces.

137 **Rubens** (d'après). Histoire de la reine Marie de Médicis. Vingt-deux estampes gravées par G. Edelinck, Duchange, Audran et autres. Très-belles épreuves avant les numéros.

138 — L'Enlèvement des Sabines. — Castor et Pollux. — Les Enfants de Rubens. — Marche de Silène. — La Femme au chapeau de paille, etc. Treize pièces.

139 **Saenredam** (J.). Débora enfonçant un clou dans la tête de Sisara. — Judith donnant à sa suivante la tête d'Holoferne. — Saints et autres sujets. Huit pièces.

140 **Saint Aubin** (d'après A. de). Le Bal paré, gravé par Duclos. Epreuve en mauvais état.

141 Vignettes d'après Restout. Deux pièces dont une avant la lettre.

142 **Sadeler.** Compositions diverses. Trente pièces.

143 **Savry.** Pièces tirées du livre de l'entrée de Marie de Médicis à Amsterdam. Sujets religieux par Van Orley. Six pièces.

144 **Schmidt** (G. F.). La Vierge, l'Enfant Jésus et saint Jean, d'après Van-Dyck.

145 **Schuppen** et **Pitau.** Portraits suédois. dix pièces.

146 **Strange** (R.). Henriette de France, reine d'An-
gleterre, d'après Van-Dyck. Très-belle épreuve.

147 — Vénus. — Danaë. Deux pièces d'après Titien.
Très-belles épreuves.

148 **Taiée**. Deux femmes assises sur le gazon. — In-
térieur de ferme. — Paysage. Trois pièces.

149 **Teniers** (d'après). Paysages. — Fêtes et autres.
Trente-huit pièces.

150 **Tischler**. Joseph II, roi des Romains et de Ger-
manie, d'après P. Lion.

151 **Trouvain**. Les Appartements de Louis XIV.
Suite de six pièces dont nous n'avons que quatre.

152 **Valerio**. Costumes de Monténégrins et Valaques.
— Vénus et l'Amour par Sicard, d'après Boucher.
Neuf pièces.

153 **Vanloo** (d'après). Bacha faisant peindre sa maîtresse, gravé par Lépicié. Très-belle épreuve.

154 **Vernet** et **Berghem** (d'après). Marines et
paysages. etc. Six pièces.

155 **Vertue**. Portraits anglais. Vingt-huit pièces.

156 **Veyrassat**. Cour de ferme. Première épreuve.

157 **Vidal**. Les Regrets mérités, d'après mademoiselle
Gérard. Très-belle épreuve.

158 **Vignettes**. Sous ce numéro il sera vendu environ trois cents pièces diverses pour illustration de
livres.

159 **Walker** et **Massard**. La Famille de Balthazar
Gerbier. — Charles Ier et sa famille, d'après Van-
Dyck. Deux pièces.

160 **Watson** (J.). Dame faisant de la musique, d'après
Metzu. Belle épreuve.

161 — Mary lady Boynton. Portrait en pied, gravé en manière noire d'après Cotes. Très-belle épreuve.

162 **Watteau** et **Vanloo**. Les Délassements de la guerre. — La Peinture. — Vases par Petitot. Quatre pièces.

163 **Weirotter** et **Waterloo**. Paysages. Dix pièces.

164 **Wille** (J. G.). Charles-Frédéric, margrave de Bade, d'après Guillibaud.

165 **Wrenk**. Portrait de Rembrandt, d'après F. Bol. Très-belle épreuve.

166 **Wyngaerde** (F. Van-Den). Bacchanale. Belle épreuve.

167 Sous ce numéro il sera vendu quelques estampes en lots; un grand nombre de portraits, principalement de personnages anglais.

Paris. — Typ. PILLET fils aîné, 5, rue des Grands-Augustins.

9 782329 485294